Lilith

Im Garten des Lichts

von

Jessica Lütge

mit Aquarellen von

Angelica

SILBERSCHNUR

ISBN 3-923 781-82-2

1. Auflage 1994

Covergestaltung u. Bilder: Angelika Ostholt
Druck: Tesínská Tiskarna, AG

Printed in CZECH - Republic

Verlag „Die Silberschnur", Heddesdorfer Str. 7, D-56564 Neuwied

Plumps, da war Lilith auf den Boden gefallen. Erstaunt blickte sie sich um. Wo war sie nur, und was war geschehen?

Mitten auf der Erde saß sie, umgeben von Gräsern und duftenden Blumen.

Die Grashalme waren so hoch, und Lilith war so klein. Sie hätte sich schon ordentlich recken müssen, um an den Grashalm zu gelangen. Aber vorerst saß sie auf dem Boden und sah erschrocken, wie sich ihr ein großer, dicker Käfer näherte.

„Nanu, mein Fräulein, Sie sind wohl gerade vom Himmel gefallen, oder etwa nicht?" fragte sie der Käfer, der übrigens eine sehr angenehme Stimme hatte.

Lilith antwortete nicht. Sie sah den Käfer mit großen Augen an, denn so nah hatte sie noch nie einen Käfer gesehen.

„Nun, vielleicht sollte ich mich überhaupt erst einmal vorstellen. Mein Name ist Karl, aus dem alten Geschlecht der braunen Laufkäfer. Meinesgleichen trifft man nicht alle Tage," sagte Karl nicht ohne Stolz und wippte mit den Fühlern.

„Ich heiße Lilith," sagte Lilith schüchtern.

„Oh, das ist ein sehr interessanter Name. Aber warum sind Sie bloß so plötzlich mitten auf meinen Spazierweg gefallen? Sie haben sich doch nicht etwa verletzt?" fragte Karl mitfühlend.

„Nein, ich bin ganz gesund," antwortete Lilith und stand auf.

Sie war gerade so groß wie Karl. Er musterte Lilith ganz genau, wie sie ihr helles Kleidchen vom Staub befreite. Liliths goldenes Haar leuchtete in der Sonne, deren Strahlen sich zwischen den Gräsern und Blumen verfingen.

„Sehen Sie mal," sagte Karl plötzlich, „dort oben am Grashalm hängen ein Paar Flügel! Gehören die vielleicht Ihnen?"

„Flügel?" fragte Lilith unschlüssig. „Ich weiß nicht, ob mir Flügel fehlen, ich weiß ja noch nicht einmal, wie ich hierher kam und wo ich jetzt bin." Liliths klare Augen füllten sich mit Tränen.

„Aber, aber, wer wird denn gleich weinen," versuchte Karl

zu trösten, „ich werde die Flügel herunterholen."

„Ach, Sie sind so nett zu mir," schluchzte Lilith. Karl zupfte ein kleines Stück aus einem Blatt heraus.

„Hier, nehmen Sie, damit können Sie sich die Tränen trocknen."

Lilith nahm es dankbar an.

Dann stellte sich Karl auf zwei seiner Hinterbeine und hielt sich mit den anderen vier Beinen am Grashalm fest, um ihn hinunterzuziehen. Es machte etwas Mühe, weil der Halm ziemlich lang und dünn war, aber jetzt hatte es Karl geschafft und löste mit einem Beinchen geschickt die Flügel, die sich dort verfangen hatten. Gerade hatte er sie Lilith gereicht, als der Grashalm plötzlich nach oben schnellte. Karl verlor das Gleichgewicht und fiel auf den Rücken.

Da lag der arme Karl und zappelte hilflos mit seinen Beinchen in der Luft.

„Oweh, oje, jetzt ist es aus mit mir," jammerte er. „Leben Sie wohl, Fräulein Lilith."

Ach, was sollte sie jetzt nur tun?

Lilith versuchte, Karl ein trockenes Blatt zuzuschieben. Mit einem Fuß hatte Karl das Blatt ergriffen, er konnte sich nun langsam und schwerfällig daran aufrichten.

Endlich stand er wieder auf seinen Beinen, die vor Schreck zitterten.

„Daß mir so etwas in meinem Alter noch passieren muß," klagte er, „aber Sie haben mir wirklich das Leben gerettet!"

Mit den Hinterbeinchen strich er über seine hellbraunen Flügeldecken.

„Ausgerechnet mir altem erfahrenen Käfer muß das passieren, ach, ist mir das unangenehm," seufzte er.

Lilith lächelte ihn an. „Aber das macht doch nichts," sagte sie, „schließlich bin ich doch auch hier heruntergefallen."

„Ja, da haben Sie recht," sagte Karl schon wieder versöhnt, „nun wollen wir uns wirklich mehr um Sie kümmern. Wie war doch gleich Ihre Geschichte?"

„Ich habe ja keine Geschichte," sagte Lilith bekümmert, „ich weiß noch nicht einmal, woher ich komme."

Sorgenvoll strich Karl über seine Fühler.

„Das ist schlimm. Dann müssen Sie eben so lange hierbleiben, bis sie sich erinnern können. Am besten suchen wir erst einmal eine Unterkunft für Sie."

„Sie sind wirklich nett zu mir," sagte Lilith dankbar.

„Ach, keine Ursache," brummte Karl.

Vorsichtshalber nahm er das Flügelpaar mit. Sie schimmerten wunderbar silbrig, aber leider waren sie ganz zerrissen.

Lilith betrachtete erstaunt die vielen verschiedenen Blumen, unter denen sie hergingen.

Von überall erströmte ein süßer, lieblicher Duft. Die Blumen leuchteten in den prächtigsten Farben. Ein zarter hellgelber Himmelsschlüssel hatte soeben seine Blütenblätter entfaltet, dort drüben stand eine tiefrote Tulpe in voller Blüte, und ganz nah blühten Veilchen und Vergißmeinnicht.

Der Wind strich sanft über sie hinweg. Lilith vernahm ein leises Läuten. Es war gerade so, als hätte jede Blume ihren eigenen zarten Klang.

„Ach, wie ist das schön," jubelte Lilith.

„Ja, da haben Sie recht," freute sich auch Karl.

„Übrigens ist hier meine Wohnung!"

Vor ihnen stand ein mächtiger alter Baum. Zwischen seinen Wurzeln hatten sich Moose und Flechten angesiedelt.

Karl krabbelte auf ein Moospolster zu und zupfte es mit seinen Beinchen auseinander. Darunter verbarg sich eine kleine Höhle.

„Sehen Sie," rief er vergnügt, „hier ist mein behagliches Heim. Es ist besonders weich gepolstert." Lilith blickte zögernd in die kleine Höhle.

„Ja, es sieht sehr bequem aus, aber ist es nicht ein bißchen dunkel?"

„Na, sagen wir eher etwas schummerig, dafür ist es aber außerordentlich sicher. Kein Vogel pickt hier herum," sagte Karl und verstaute das zerrissene Flügelpaar in seiner Höhle.

„Fürchten Sie sich denn vor Vögeln?" wollte Lilith wissen.

„Also mein Fräulein, Sie scheinen wirklich keine Ahnung

von unseren Feinden zu haben," empörte sich Karl, der aus der Höhle wieder herauskam.

„Die Vögel picken nach uns, und schwupp ist das Leben vorbei. Also halten Sie sich nur von denen fern, wenn Ihnen Ihr Leben lieb ist." Karl hatte sich richtig aufgeregt.

„Darüber habe ich bisher noch nicht nachgedacht," sagte Lilith kleinlaut. „Ich dachte, alle Wesen leben in Frieden miteinander."

„Ha, Sie haben Vorstellungen," entrüstete sich Karl, „wer weiß, irgendwann werden wir vielleicht alle in Frieden leben, aber bis dahin ist es wohl noch ein weiter Weg. Wenn Sie also auf einen alten erfahrenen Käfer hören wollen, dann rate ich Ihnen, sich in acht zu nehmen. Seien Sie vor allem vor den Menschen auf der Hut. Die Menschen sind unberechenbar. Einmal freuen sie sich über uns, und ein anderes Mal schlagen sie nach uns. Geschichten könnte ich Ihnen erzählen..."

„Ach, das ist ja furchtbar," unterbrach ihn Lilith.

„Ja, aber lassen wir dieses Thema vorerst beiseite, wir

wollen ja einen Schlafplatz für Sie suchen." Karl schaute sich um.

„Wie wäre es dort oben in der Blüte der Osterglocke?" fragte er.

„Ach, das wäre schön," antwortete Lilith erfreut.

Sie hatte schon Angst gehabt, in einer dunklen Höhle schlafen zu müssen.

„Dann werden wir beide dort hinauffliegen. Auch wenn ich ein Laufkäfer bin und deshalb nicht so gut fliegen kann, aber dieses eine Mal wird es schon gehen. Also halten Sie sich gut an mir fest!" Lilith kletterte vorsichtig auf Karls Rücken.

Beinahe hätte sie das Gleichgewicht verloren. Kaum hatte Lilith Halt gefunden, da pumpte Karl mit seinen Flügeln, bewegte sie auf und ab und stieg schnell empor.

Einen Augenblick später landeten sie in der Osterglockenblüte. Lilith purzelte von Karls Rücken hinunter mitten in die Staubgefäße der Osterglocke, so daß sie jetzt über und über mit gelbem Blütenstaub bedeckt war.

Karl mußte lachen. Lilith war etwas beschämt, aber dann mußte auch sie lachen.

Vorsichtig blickten Lilith und Karl über den Rand der gelben Blütenblätter.

„Hier haben Sie aber einen großartigen Ausblick," sagte Karl begeistert.

Tatsächlich konnte man die ganze Wiese überblicken. Überall blühende Blumen in den prächtigsten Farben. Vor ihnen stand die mächtige alte Eiche mit ihren weit ausladenden Ästen. In einiger Entfernung leuchtete das klare Blau eines kleinen Baches. In der anderen Richtung stand ein altes freundliches Bauernhaus. Eingezäunt wurde der Garten von einer niedrigen Steinmauer.

Lilith staunte.

„Was mag wohl hinter der Mauer sein?" fragte sie Karl.

„Ach, dahinter ist gar nichts," sagte Karl, „da ist die Welt zu Ende. Jedenfalls bin ich noch nie so weit geflogen. Ich werde jetzt in meine Wohnung gehen. Es ist ja schon spät. Also schlafen Sie gut!"

Mit diesen Worten erhob er sich und flog wieder zurück auf den Erdboden.

Lilith kuschelte sich in die weichen Blütenblätter. Über ihr leuchteten die ersten Sterne. Sie seufzte tief. Wenn sie sich nur erinnern könnte.

Lilith schaute eine Weile zu den Sternen empor, die silbrig am dunklen Nachthimmel glänzten.

Der süße Duft der Blüte umgab sie, und bald war sie fest eingeschlafen.

Am anderen Morgen wachte Lilith sehr früh auf. Die ersten Sonnenstrahlen kitzelten sie an der Nase. Sie reckte und streckte sich und blickte dann über die Blütenblätter. Wie war das herrlich, was sie jetzt sah. Die ganze Wiese war über und über mit funkelnden Tautropfen übersät, die wie Diamanten in der Sonne glitzerten. Lilith jubelte.

„Wie schön ist das Leben, wie wunderbar schön." Aber, ach, wieviel schöner wäre es, wenn Liliths Herz nicht so traurig wäre. Immer wieder fragte sie sich, wohin sie gehörte. Wo war ihre Heimat?

Sicherlich war es hier wunderschön, sie war froh, daß sie Karl zum Freund hatte, aber sie war eben kein Käfer.

Gab es denn niemanden, der so ähnlich war wie sie? Lilith kletterte aus der Blüte heraus und glitt den Stengel hinab.

Zögernd rief sie nach Karl.

Gleich darauf kam Karl zum Vorschein. Sorgfältig strich er seine Flügel glatt.

„Guten Morgen, Fräulein Lilith. Ich hoffe, Sie haben in Ihrer Blüte gut geschlafen."

„Oh, ja, vielen Dank," sagte Lilith.

„Möchten Sie mit mir frühstücken? Ich habe einige zarte, saftige Blätter gefunden."

„Das ist wirklich nett von Ihnen, aber ich habe noch nie etwas gegessen."

„Noch nie etwas gegessen?" Karls Fühler wippten fragend auf und ab.

Ein Leben ohne Essen kam ihm sehr seltsam vor. Was es nicht alles gab!

So biß Karl selbst herzhaft in ein saftig grünes Blatt.

Lilith saß daneben und schaute zu.

Nach einer Weile des Schweigens fragte Karl: „Lilith, Sie sehen heute so bekümmert aus. Sie sind doch nicht etwa krank?"

Sorgenvoll strich er sich mit einem Hinterbein über die Flügel.

Liliths Augen füllten sich mit Tränen.

„Ach Karl," schluchzte sie, „hier ist es wirklich schön, und Sie sind so nett zu mir, aber ich bin unglücklich, weil ich mich nicht erinnern kann, woher ich komme und wo meine Heimat ist." Dicke Tränen kullerten ihr über die Wangen.

Fürsorglich reichte Karl ihr den letzten Rest seines Blattes, als Taschentuch sozusagen.

Lilith schluchzte leise.

Karl wiegte seinen Kopf bedenklich hin und her.

„Ich wüßte vielleicht eine Lösung," überlegte er. Lilith sah Karl hoffnungsvoll an und trocknete ihre Tränen.

„Vielleicht gehören Sie zu den Wassernixen und fühlen sich deshalb so unwohl, weil Sie auf dem Trockenen leben müssen."

Vielleicht hatte Karl recht. Ein letztes Mal schniefte Lilith noch in Karls Blattaschentuch und seufzte: „Ach, das wäre herrlich, wenn Sie mir helfen könnten."

„Dann werden wir am besten eine Wanderung zum Fluß unternehmen, um Ihre Verwandten zu treffen."

Lilith zitterte vor Freude und Aufregung.

Obwohl der Bach nicht weit von der alten Eiche fließt, war es für Karl und Lilith eine beschwerliche Reise, weil sie so klein waren und Karl den ganzen Weg auf seinen dünnen Beinchen neben Lilith laufen mußte, weil er nicht so gut fliegen konnte.

So suchten sie sich mühsam ihren Weg durch das Gras. Als sie an einem Löwenzahn vorbeikamen, krabbelte ein kleiner Käfer auf sie zu. Beinahe hätte er Lilith umgerannt.

„Ach, das ist doch Herr Siebenpunkt," rief Karl erfreut.

„Ja, Karl," freute sich auch Herr Siebenpunkt und wandte sich an Lilith:

„Verzeihung, mein Fräulein, ich bin so schrecklich kurzsichtig. Wissen Sie, Marienkäfer sehen nicht so gut."

„Sie sehen wunderschön aus mit Ihren sieben schwarzen Punkten," sagte Lilith begeistert.

Herr Siebenpunkt strich sich stolz mit seinen Beinen über den Rücken.

„Wissen Sie, wir Marienkäfer sind bei den Menschen sehr beliebt, aber sie denken immer, daß ich sieben Jahre alt bin, weil ich sieben Punkte auf dem Rücken habe. So ein Unsinn! Aber wer versteht schon die Menschen."

Herr Siebenpunkt lachte.

„Nun, jetzt muß ich aber weitergehen. Ich habe noch viel zu tun. Wir treffen uns bestimmt wieder. Auf Wiedersehen!"

Emsig krabbelte Herr Siebenpunkt davon.

„Ja, Herr Siebenpunkt ist immer in Eile," sagte Karl verschmitzt.

Einige Zeit später kreuzte eine Schnecke ihren Weg. Langsam und bedächtig kroch sie dahin, eine helle, silbrige Schleimspur hinter sich herziehend.

Ihr kunstvolles Schneckenhaus trug sie stolz mit sich. Durch ihre Langsamkeit verstellte sie den anderen Reisenden jedoch den Weg. Auf der anderen Seite warteten schon ungeduldig zwei Ameisen.

„Hallo, geht es nicht etwas schneller?" riefen sie der Schnecke zu.

Die Schnecke drehte bedächtig ihre Fühlhörner zu den Ameisen herüber, um sie besser sehen zu können.

„Bitte, was haben Sie gesagt?" fragte sie. Die Ameisen trippelten ungeduldig hin und her.

„Könnten Sie etwas schneller kriechen? Wir haben es eilig, und Sie versperren uns den Weg," riefen beide.

„Wie bitte, was sagen Sie? Sie versperren mir den Weg? Da kann ich Sie beruhigen, Sie versperren mir nicht den Weg," sagte die Schnecke in ihrer gemütlichen Art.

„Aber nein," riefen die Ameisen, „Sie Schnecke versperren uns Ameisen den Weg.

Übrigens war es nett, mit Ihnen zu plaudern."

Bedächtig wandte die Schnecke ihre Fühlhörner wieder nach vorne.

Die beiden Ameisen hielten es nicht mehr aus und kletterten über das Haus der Schnecke hinweg.

„So was Lahmes haben wir noch nicht erlebt," schimpften sie und trippelten eilig davon. Staunend hatten Karl und Lilith zugesehen.

„Ja, dürfen die Ameisen denn einfach über die Schnecke hinwegklettern?" fragte Lilith.

„Da werden wir am besten die Schnecke selbst fragen," sagte Karl und stellte sich der Schnecke vor.

„Guten Tag, Gnädigste, mein Name ist Karl, aus dem alten Geschlecht der braunen Laufkäfer. Haben Sie denn gerade eben nicht bemerkt, wie die beiden Ameisen einfach über Ihr Haus hinweggeklettert sind?" Langsam drehte sich die Schnecke zu Karl um.

„Ameisen sind über ein Haus geklettert?" fragte sie interessiert.

„Ja, ja," rief Karl, „die beiden Ameisen, mit denen Sie gerade gesprochen haben, sind über Ihr Schneckenhaus geklettert."

„Aber ich spreche mit keinen Ameisen, ich spreche doch mit Ihnen, und Sie sind ein Käfer, oder sehe ich etwa schon so schlecht?"

Ihre Fühlhörner streckten sich etwas weiter aus. Karl wippte nervös mit seinen Fühlern.

„Sie verstehen mich nicht. Ich sagte, daß gerade zwei Ameisen einfach so mir nichts dir nichts über Ihr Haus hinwegspaziert sind. Was sagen Sie dazu?"

„Tatsächlich? Davon habe ich nichts bemerkt. Dann vielen Dank für Ihren Hinweis, und ich wünsche noch einen schönen Tag."

Langsam drehte sich die Schnecke um und kroch weiter.

„Also, das ist ja zum Flügelraufen," empörte sich Karl, „die hat einfach kein Temperament. Sie regt sich nicht einmal auf."

„Wenn es ihr doch nichts ausmacht," sagte Lilith, „warum

sollte sie sich dann aufregen?"

„Jetzt fängst du auch schon an," schimpfte Karl. „Ach, Verzeihung, ich wollte doch höflich sein und ‚Sie' sagen. Wir Käfer vom alten Geschlecht der braunen Laufkäfer sind nämlich immer sehr höflich."

„Ach Karl," sagte Lilith, „es ist doch viel netter so, und höflich bist du doch immer."

Sie gab ihm einen Kuß mitten zwischen seine Fühler. Jetzt war Karl ganz verlegen.

Schweigend gingen sie eine Weile nebeneinander her. Lilith konnte sich nicht satt sehen an den vielen wunderschönen Blumen, deren herrlichen Duft sie mit jedem Atemzug tief einsog.

Doch nach und nach schlossen sich die zarten Blütenkelche, und das am hellichten Tage!

„Karl, was ist denn los? Sieh dir doch einmal die Blüten an," sagte Lilith erstaunt.

„Ach du liebe Zeit," brummte Karl vor sich hin und sah ängstlich nach oben.

Der Himmel hatte sich verfinstert, und von überall summte, surrte es, und die Tiere liefen hastig an Lilith und Karl vorbei.

„Die anderen Tiere suchen sich schon einen geschützten Platz. Es wird gleich regnen. Komm, Lilith, wir setzen uns unter diesen Farnwedel." Noch bevor Lilith und Karl den schützenden Farn erreicht hatten, fielen schon die ersten Tropfen. Jetzt war ein dicker Regentropfen auf Lilith gefallen, und sie wäre beinahe hingestürzt. Weil Lilith so klein war, empfand sie einen einzigen Regentropfen wie einen Eimer voll Wasser, der über ihr ausgeschüttet wird.

Doch jetzt hatte sie unter dem Farn Schutz gefunden.

Karl wartete schon auf sie.

Lilith war durch und durch naß und begann vor Kälte zu zittern, während der Regen stärker wurde.

Die Tropfen prasselten auf den trockenen Boden, aber es dauerte nicht lange, und die Sonne hatte die dunklen Regenwolken vertrieben.

Auf jeder Pflanze glitzerten die Tropfen, und auch die

Tiere kamen nun langsam wieder aus ihren Verstecken.

„Oh, wie ist der Himmel strahlend blau," jubelte Lilith.

Doch Karl machte ein mißmutiges Gesicht. Er sah die vielen Schlammpfützen auf dem Boden und kletterte nur mit größter Vorsicht über sie hinweg.

Auch die Schnecke tauchte hinter ihnen auf. Ganz gegen ihre Natur war sie richtig ausgelassen und genoß ihren Spaziergang durch den nassen Schlamm.

„Was für ein wunderbares Schlammwetter!" rief sie fröhlich.

Karl warf ihr einen strafenden Blick zu, während er weiterhin versuchte, die Schlammlöcher zu umgehen. Nun hatten sich die Blüten auch wieder geöffnet, und die Bienen und Hummeln setzten ihre Arbeit fort.

Als Lilith die Blätter einer Primel auseinanderbog, sah sie plötzlich den Bach vor sich.

„Karl, wir sind da," rief sie erfreut aus.

„Tatsächlich, hier ist also deine Heimat."

Lilith sprang zum Ufer.

Fröhlich plätscherte der kleine Bach an ihr vorbei. Die Sonne spiegelte sich im klaren Wasser und ließ den Bach in hellem Glanz erstrahlen.

„Oh, ist es hier schön," rief Lilith vergnügt.

Karl machte ein ernstes Gesicht. Jetzt hieß es wohl Abschied nehmen. Doch gerade in diesem Augenblick ertönten die leisen, zarten Stimmen der Wassernixen. Ihr Gesang klang wie das Sprudeln des Baches:

Die Quelle für das Leben

ist dieses Wasser hier,

aus unsrem Bache geben

wir Kraft für Mensch und Tier.

Die Klarheit, die wir schützen,

erquickt dich oft und viel,

wir wollen dir nun nützen,

das ist unser Ziel.

Der Gesang wurde lauter und feierlich:

Durchs Wasser wir nun gleiten
im Wandel dieser Zeit,
um Leben zu verbreiten
von jetzt zur Ewigkeit.

Die letzten Worte gingen im Plätschern des Baches unter, der wie eine unendliche Melodie dahinrauschte.

Andächtig hatten Lilith und Karl dem wunderschönen Lied der Nixen gelauscht.

„Wir brauchen ein Floß, um zu den Nixen zu rudern," sagte Karl und schaute sich suchend um.

„Vielleicht können wir uns auf das Blatt setzen, das dort am Ufer liegt," schlug Lilith vor.

Zusammen schoben sie das große Blatt ins Wasser. Schnell kletterten sie hinauf, denn schon wurde das Blatt von dem sprudelnden Bach fortgetragen. Das war eine aufregende Fahrt!

Das Blatt hopste und sprang über die Wellen hinweg, so daß sich Lilith und Karl ordentlich festhalten mußten.

„Lilith, du mußt rudern," schrie Karl und zappelte mit zwei Beinchen im Wasser.

Durch den Regenschauer hatten sich im Bach kleine Strudel gebildet, und als Karl über dem Blattrand Ausschau nach den Nixen hielt, verlor er das Gleichgewicht und stürzte kopfüber ins Wasser. Lilith hielt sich vor Schreck die Augen zu.

Doch da schwammen die Nixen zu dem fast ertrunkenen Karl.

Ihre zarten, hellsilbrigen Körper bewegten sich geschmeidig im Wasser. Und schon ergriffen zwei Nixen mit ihren feinen Händen Karl und zogen ihn an die Wasseroberfläche.

Karl strampelte ängstlich. Erst als er ans Ufer gebracht wurde und wieder festen Boden unter seinen sechs Beinchen spürte, wurde er ruhiger.

Unterdessen hatten zwei andere Nixen das Blatt mit der

armen Lilith ans Ufer gezogen.

„Ihr braucht keine Angst vor dem Wasser zu haben," riefen die Nixen und warfen funkelnde Tropfen empor, „es ist unser aller Freund. Ohne das klare Wasser könnten wir nicht leben!"

Und wie zur Bestätigung ihrer Worte plätscherte der kleine Bach besonders munter.

Im Glanz der Sonne glitzerte das Wasser wie reines Silber.

„Lebt wohl, lebt wohl," riefen die Nixen, während sie wieder in die Wellen eintauchten, „und vergeßt uns nicht."

Karl und Lilith hatten sich wieder beruhigt.

Karl breitete seine Flügel in der Sonne zum Trocknen aus.

„Hast du nun deine Heimat gefunden?" fragte er.

„Das Wasser ist wunderschön," flüsterte Lilith traurig, „und auch die Nixen sind so nett zu uns, aber meine Heimat ist das nicht."

Karl seufzte.

„Dann müssen wir weitersuchen."

Inzwischen waren einige Tage vergangen, und weil die Osterglocke verwelkt war, war Lilith in eine Maiglöckchenblüte umgezogen.

Eines Nachmittags kam Karl wieder einmal vorbei, um Lilith zu besuchen.

„Ich habe eine hervorragende Idee," rief er begeistert, „ich weiß jetzt, wo deine Heimat ist. Wir werden zusammen zu den Zwergen gehen. Was hältst du davon?"

„Zwerge?" fragte Lilith zögernd, „wenn du meinst..."

„Ja, diesmal wird es klappen," freute sich Karl, „diesmal wirst du ganz bestimmt deine Heimat finden."

Lilith schaukelte sacht in ihrer Blüte.

„Also, ich hole dich morgen ab!" sagte Karl und war schon davongetrippelt.

Am anderen Tag machten sich Karl und Lilith früh auf den Weg, doch alle paar Schritte blieb Lilith stehen und staunte über die herrliche Blumenpracht.

„Ach Karl, sieh nur, der schöne Flieder. Wie seine Blüten duften. Ich rieche sie bis hierher."

„Ja, ja," drängte Karl, „wir wollen doch zu den Zwergen und Gnomen gehen. Den Flieder kannst du dir ja immer noch ansehen."

Aber Lilith war so entzückt von der Schönheit der Pflanzen, daß Karl große Mühe hatte, sie zum Weitergehen zu bewegen.

Ein bunter Schmetterling flatterte über sie hinweg. Da war es mit Liliths Fassung vorbei.

„Schmetterling, du wunderschöner Schmetterling, flieg doch nicht fort," rief sie und breitete sehnsüchtig die Arme nach ihm aus.

Doch der Schmetterling hatte sie nicht gehört und war im hellen Sonnenschein davongeschwebt.

Traurig ging Lilith neben Karl her.

„Ich weiß wirklich nicht, warum du traurig bist," wunderte er sich, „hier ist deine Heimat, und du machst ein Gesicht wie... wie..."

Zum ersten Mal fehlten ihm die Worte.

Hinter einer Biegung blieb er plötzlich stehen.

„So, wir sind da!"

Lilith blickte sich erstaunt um. Wo sollte die Wohnung der Zwerge sein? Wie überall wuchsen hier Blumen und Gräser, aber eine besondere Wohnung war nicht zu entdecken.

„Wir müssen durch dieses Loch in die Höhle hinabsteigen," erklärte Karl.

Erschrocken sah Lilith ein dunkles Loch in der Erde. Ihr wurde ganz bange.

Karl trommelte mit seinen Beinchen auf den Boden. Es dauert nicht lange, und ein Glühwürmchen kam zum Vorschein, das ihnen freundlich den Weg wies.

Zögernd und ängstlich kletterte Lilith hinter Karl die Stufen hinab in die Erde. Es war ganz finster, und Lilith wäre bestimmt die Treppe heruntergepurzelt, wenn das Glühwürmchen ihnen nicht den Weg beleuchtet hätte.

Es war kühl und feucht geworden. Lilith fröstelte in dieser schwarzen Tiefe. Überall roch es nach modrig feuchter Erde.

Endlich nahm die Treppe ein Ende. Sie mündete in einen langen, dunklen Gang.

Hier wartete ein junger Zwerg auf sie. Er sah Lilith sehr ähnlich, nur war er viel dunkler als sie, aber das kam sicher von der Erde.

„Willkommen in der Erde," empfing er sie freundlich, „ich freue mich, daß ich euch unsere schöne Heimat zeigen darf. Übrigens heiße ich Urps."

Urps führte Lilith und Karl durch den dunklen Gang in eine große Höhle.

Hier war es viel heller, weil viele Glühwürmchen eifrig hin- und herhuschten, um den Zwergen bei der Arbeit zu helfen.

Wir helfen und bauen
am Grunde der Welt,
wir werken und schauen,
daß die Tiefe auch hält.

Das Lied der Zwerge fand ein vielfaches Echo in der Höhle. Doch Lilith konnte nicht recht erkennen, was die Zwerge eigentlich machten.

Da ertönte die zweite Strophe:

Wir helfen dem Leben
zu wachsen, zu gedeih'n,
in der Tiefe wir streben
den Pflanzen Brüder zu sein.

Und jetzt sah Lilith die vielen Wurzeln der Pflanzen, die oben in der Höhle wuchsen.

Die Zwerge reinigten und säuberten sie, heilten verletzte Stellen und halfen so den Pflanzen beim Wachsen, denn eine Pflanze muß gesunde Wurzeln haben, damit sie wachsen kann.

Eifrig waren die Zwerge am Werk.

Oh ja, jetzt mochte Lilith die Zwerge viel lieber. Sie halfen ja ihren geliebten Pflanzen!

Urps führte sie in eine andere Höhle.

„Hier werden die Mineralien gepflegt," erklärte er.

Und tatsächlich schliffen die Zwerge Diamanten, Rubine und viele andere Edelsteine.

„Jeder Stein wird hier besonders behandelt," sagte Urps, „dann glänzt er und strahlt und freut die vielen Menschen auf der Erde. Und jeder Stein hat eine besondere Eigenschaft. Wußtet ihr das?"

Lilith blickte erstaunt zu Urps.

„Der Smaragd schützt vor Krankheit und Schwäche, der Bergkristall verhilft zur Klarheit und der Saphir symbolisiert Weisheit. Viele andere Steine gibt es noch, sie alle haben unterschiedliche Kräfte, aber die größte Kraft ist die Liebe, und die muß man in seinem Herzen finden."

Karl und Lilith nickten zustimmend. Ja, was wichtig war, das fand man nur in sich, nicht irgendwo draußen.

Zum Abschluß führte sie Urps in die große Festhalle, die von den Glühwürmchen hell erleuchtet war.

„Heute abend ist ein großes Fest. Unser König feiert

seinen zweihundertsten Geburtstag. Wollt ihr mitfeiern?"

Karl sah Lilith an, doch sie schüttelte den Kopf. Urps wurde traurig.

„Ist unsere Heimat denn nicht auch deine Heimat?"

„Nein, lieber Urps," seufzte Lilith, „ihr seid so gut, aber ich sehne mich nach dem Licht, nach dem Sonnenschein und nach den Blumen."

„Ach, es wäre so schön gewesen, wenn du immer bei uns geblieben wärest," sagte Urps bedrückt.

Auch Karl sah traurig aus.

Aber Lilith war schon davongeeilt. Zur Sonne wollte sie, ans helle Licht. Schnell lief sie die vielen Stufen empor, bis die Sonnenstrahlen sie berührten.

Lilith war noch einmal umgezogen. Es wurde langsam Sommer und die ersten Rosen hatten sich geöffnet. In einer der zarten rosafarbenen schlief Lilith. Plötzlich ertönte ein blütenlautes Brummen. Erschrocken wachte Lilith auf.

Eine große dicke Hummel hatte sich in der Rosenblüte

niedergelassen, um eifrig nach Nektar zu suchen.

„Na, so was," brummte sie ärgerlich, „die Blüte ist schon besetzt."

„Ach, Sie werden mich doch hoffentlich nicht stechen?" fragte Lilith ängstlich.

Da mußte die Hummel lachen.

„Stechen? Ja wissen Sie denn nicht, daß wir Hummeln niemals stechen? Daß wir überhaupt keinen Stachel haben?"

Jetzt lachte auch Lilith erleichtert.

„Wir Hummeln sind die gutmütigsten aller Insekten. Wären Sie bitte so freundlich, mein Fell zu kraulen? Da juckt es nämlich ganz schrecklich."

Tatsächlich hatte die Hummel ein richtig weiches Fellchen. Lilith kraulte sie, und die Hummel brummte behaglich. Ja, es gab schon merkwürdige Begegnungen. Während die Hummel noch nach Nektar suchte, kletterte Lilith aus der Rosenblüte heraus und den Stengel hinunter, wobei sie die Dornen als Treppe benutzte.

Auf der Wiese wartete schon Karl.

Aufgeregt erzählte Lilith von ihrer Begegnung mit der Hummel.

Karl schmunzelte.

„Die Hummel ist eine gute Bekannte von mir. Aber überall läßt sie sich kraulen. Na, ja, sie ist auch sehr stolz auf ihren kleinen Pelz."

Lilith sah zu, wie Karl genüßlich sein Frühstück einnahm. Sie selbst aß immer noch nichts.

Unvermittelt sagte Karl: „Ich habe die ganze Nacht darüber nachgedacht, wo wir noch nach deiner Heimat suchen könnten, aber mir ist leider gar nichts mehr eingefallen. Möchtest du nicht für immer bei mir bleiben?"

Lilith sah sehr unglücklich aus. Sie wollte es sich nicht anmerken lassen, wie verzweifelt sie war, und hatte das Thema seit dem Besuch bei den Zwergen nicht mehr erwähnt. Aber jetzt, als Karl sie daran erinnerte, füllten sich ihre Augen mit Tränen, und eine große Sehnsucht breitete sich in ihr aus.

Mitfühlend sah Karl sie an.

„Ich weiß, daß du nicht hierbleiben möchtest," sagte er leise, „du sehnst dich nach deiner Heimat, so wie ich mich nach meinem behaglichen Zuhause sehnen würde."

Lilith lächelte. Nun, vielleicht war es nicht ganz das gleiche.

Karl seufzte tief.

„Also, es gibt noch eine Möglichkeit, eine letzte..."

Gerade in diesem Moment hörten sie einen Schrei: „Hilfe, Hilfe, ich bin gefangen, zu Hilfe!" Lilith und Karl liefen in die Richtung, aus der die Schreie kamen.

Wie erschrocken waren sie, als sie plötzlich vor einem großen Spinnennetz standen, in dem ein kleiner, dicker Käfer hing.

Er zappelte und strampelte und verfing sich immer mehr in den klebrigen Fäden.

„Hilfe, Hilfe, so hilf mir doch jemand," jammerte er.

Ach du liebe Zeit, das war doch Herr Siebenpunkt, der dort hilflos im Netz hing.

„Herr Siebenpunkt, wir retten sie," rief Lilith.

„Ja, schnell, bevor es zu spät ist," flehte er. Oben, am Rande des Netzes, unter einem Blatt, saß eine große schwarze Spinne.

„Jetzt halten Sie endlich still, und zappeln Sie nicht so," herrschte Karl den armen Herrn Siebenpunkt an, „sonst kann ich die Fäden nicht durchbeißen."

Jetzt bemerkte die Spinne, daß sie um ihre Beute gebracht werden sollte. Schnell glitt sie an einem Faden herab. Doch gerade in diesem Augenblick zerbiß Karl beherzt die Fäden, und Herr Siebenpunkt fiel verschnürt wie ein Päckchen auf den Boden.

„Diebe, Räuber," schimpfte die Spinne, „mich einfach am hellichten Tag zu bestehlen."

Vor Erregung glitt die Spinne an ihrem Faden auf und ab.

„Immerhin geht es um einen Freund von mir, dem Sie einfach den Garaus gemacht hätten," ereiferte sich Karl.

„Von irgendetwas muß ich schließlich auch leben," sagte die Spinne beleidigt.

„Aber nicht von Lilith oder von mir! Und von dem armen Herrn Siebenpunkt schon gar nicht. Es ist schon schrecklich genug, wie heimtückisch Sie Ihre Netze spinnen."

Unterdessen befreite Lilith Herrn Siebenpunkt von den klebrigen Fäden.

„Von wegen heimtückische Netze," schrie die Spinne erbost, „meine kostbaren Fadennetze sind Kunst in höchster Vollendung. Sehen Sie doch, wie kunstvoll es geknüpft ist, wie sorgfältig! Und Sie zerstören mein Tagewerk und reißen Löcher hinein!"

Nun ja, ein Kunstwerk war dieses Netz, das mußte Karl zugeben. So schnell machte das der Spinne keiner nach, aber daß dieses Netz eine Falle war, das war doch allerhand!

„Aber, was kann ich denn dafür, daß ich als Spinne geboren wurde. Alle sind gegen uns, sogar die Menschen, denen wir nichts zuleide tun. Im Gegenteil! Wir helfen ihnen sogar, ihre Häuser von Ungeziefer freizuhalten. Und was ist der Dank? Sie jagen uns und zerstören unsere Netze."

Unglücklich schwebte die Spinne auf und ab. Fast konnte sie einem leid tun.

„Warum bauen Sie nicht zur Freude aller Ihre schönen Kunstwerke und essen einfach Blätter, wie wir Käfer aus dem alten Geschlecht der..."

„Nur weil Sie zufällig Blätter essen," unterbrach ihn die Spinne, „meinen Sie, daß dies zum Wohle der ganzen Wiese ist? Na, da fragen Sie doch mal die Blätter, die Sie abrupfen, welche Meinung die über Sie haben! Ich bin jedenfalls von Beruf Spinne und muß spinnen und essen, basta!"

„Wenn Sie sich nun etwas Mühe gäben und Ihre Ernährung auf Beeren umstellen würden?" fragte Lilith.

„Na, Sie haben Vorstellungen. Ich und Beeren! Aber vielleicht könnte ich es versuchen. Vielleicht - eines Tages. Und vielleicht schmecken sie sogar, wer weiß? Dann wäre ich die erste Spinne, die Beeren ißt. Haha, das wäre lustig!"

Die Spinne schaukelte vor Lachen hin und her.

„Vielleicht wird es eines Tages so sein," sagte Lilith und blickte sehnsuchtsvoll in die Ferne.

Karl und Lilith hatten Herrn Siebenpunkt auf die Wiese gebracht, wo er sich erst einmal von seinem Schreck erholen sollte. Zudem hatte er sich bei seiner Zappelei ein Beinchen verrenkt. Karl hatte ihm ein Mooskissen bereitet, worauf Herr Siebenpunkt sofort vor Erschöpfung eingeschlafen war. Lilith und Karl saßen neben ihm.

Lange Zeit herrschte Schweigen. Es war langsam dunkel geworden. Die ersten Sterne leuchteten am Firmament, und die Gräser rauschten leise im Wind.

Es war eine von den Nächten, die Lilith besonders liebte. Alles war so still und geheimnisvoll, und mehr als zuvor sehnte sie sich nach ihrer Heimat.

„Wie kann ich nur meine Heimat finden?" summte sie vor sich hin.

Die Blumen schliefen, und die Gräser bewegten sich sacht.

„Es gibt eine allerletzte Möglichkeit," flüsterte Karl, „du mußt zu den Menschen gehen!"

„Menschen?" fragte Lilith leise, und ihre Augen wurden so groß, daß sich die Sterne darin spiegelten.

„Sie wohnen in dem alten Bauernhaus, das du einmal aus deiner Osterglockenblüte gesehen hast," sagte Karl, „dorthin mußt du gehen, um mit den Menschen zu sprechen."

„Werden sie mich denn überhaupt verstehen?" fragte Lilith unschlüssig.

„Die Sprache der Tiere und Pflanzen verstehen sie leider nicht, dazu hören sie nicht genau genug hin, aber dich werden sie verstehen."

„Aber die Menschen sind so weit fort, wie kann ich nur zu ihnen gelangen?" Lilith wurde ganz bang ums Herz.

„Ich werde die Amsel fragen, ob sie dich trägt. Auch wenn Vögel nicht gerade zu meinem Freundeskreis gehören... Aber was tut man nicht alles als alter Käfer!"

Lilith schlang freudig die Arme um Karl und drückte ihn an sich.

„Oh, nicht ganz so fest," stöhnte er und klimperte doch wohlig mit den Fühlern.

Lilith wäre am liebsten sofort mit der Amsel zu den

Menschen geflogen, aber Karl hatte sie erst am späten Nachmittag gefunden.

Erschöpft kam Karl mit der Amsel zurück. Vorsichtshalber hielt er sich in einiger Entfernung auf, aber die Amsel dachte gar nicht daran, nach Karl zu picken. Sie war viel zu sehr von Lilith hingerissen.

„Es ist mir eine große Ehre, Sie zu den Menschen fliegen zu dürfen. Der kleine Käfer hat mir Ihre Geschichte erzählt," zwitscherte sie und fügte leise hinzu, „er muß Sie schon sehr gerne haben, denn normalerweise fliegt kein Käfer freiwillig zu einem Vogel."

Lilith war überglücklich. Sie kletterte auf den Rücken der Amsel und versank in ihrem schwarzen Gefieder. Jetzt ging es hoch hinauf in die Luft! Unter ihnen wurde alles winzig klein. Lilith jauchzte vor Freude.

Schon hatte die Amsel das Bauernhaus erreicht und landete auf der Fensterbank. Lilith kletterte hinab und sah neugierig durch das Fenster. Im Haus brannte Licht.

Und jetzt sah sie auch die Menschen. Ein alter Mann und eine alte Frau saßen an einem großen Holztisch

und unterhielten sich. Sie hatten beide schon viele Falten, aber jedes Fältchen verschönerte ihr Gesicht. Freundlich und gütig sahen sie aus. Jetzt stand der alte Mann auf und ging zum Fenster, um die Läden zu schließen.

Ach, wie erschrak Lilith da. So groß waren die Menschen, und sie war so winzig klein. Ach nein, nie, nie würde sie sich trauen, mit einem Menschen zu sprechen. Erschrocken kletterte sie ins Gefieder der Amsel, die mit ihr davonflog.

Auf der Wiese setzte die Amsel sie ab.

„Vielen Dank," flüsterte Lilith.

„Das habe ich doch gerne gemacht," verabschiedete sich die Amsel und flog zur alten Eiche, wo sie ihr Abendlied sang.

Jetzt kam auch Karl aus seinem Versteck hervor.

„Haben dir die Menschen geholfen?" fragte er aufgeregt.

Da fing Lilith zu schluchzen an.

„Ich werde die Menschen niemals fragen können, nie. Sie sind so groß, und ich habe solche Angst. Ach, ich werde niemals wieder nach Hause kommen!"

Lilith schluchzte tief und weinte lange. Sie war so verzweifelt, daß Karl aus Mitleid die Tränen kamen. Selbst die Sterne zitterten in der Nacht.

Erst am nächsten Morgen hatte sich Lilith beruhigt. Ja, jetzt dachte sie allmählich daran, doch für immer auf der Wiese zu wohnen.

Was blieb ihr auch anderes übrig?

Karl war sehr erfreut darüber. Er versuchte, es Lilith so angenehm wie möglich zu machen. Er war gerade auf der Suche nach einem weichen Moospolster für Lilith, als er plötzlich hastig zurückkam.

„Lilith, stell dir vor, ein Mensch geht über unsere Wiese und schneidet das schöne Gras ab," rief er aufgeregt.

Sofort lief Lilith zu der Wiese.

Tatsächlich stand dort der alte Mann, den Lilith im Bauernhaus gesehen hatte. Er schnitt mit einer Sichel das Gras ab.

„Ach" und „Weh" seufzten die Halme, während sie zu

Boden sanken. „Ach" und „Weh" seufzten auch die Blumen, die alles mit ansehen mußten.

Aber es sollte noch schlimmer kommen.

Der alte Mann ging geradewegs auf das Krankenlager von Herrn Siebenpunkt zu!

„Wir müssen Herrn Siebenpunkt retten!" rief Lilith. Ohne weiter nachzudenken, sprang sie auf die Schuhe des alten Mannes und wollte ihn aufhalten.

Aber natürlich bemerkte er Lilith nicht.

Jetzt flog Karl empor und flatterte um den Kopf des Mannes, so daß er in seiner Arbeit gestört wurde. Der Mann wollte Karl verscheuchen, aber der ließ sich nicht abwimmeln.

Endlich hörte der alte Mann auf und sah sich um. Nur einen Schritt weiter lag der arme Herr Siebenpunkt und zitterte am ganzen Leib.

„Ach du liebe Zeit, da liegt ja ein Marienkäfer," sagte der alte Mann erstaunt, „beinahe hätte ich ihn zertreten! Ob der braune Käfer, der um meinen Kopf geflattert ist, mich wohl warnen wollte?"

Der alte Mann bückte sich, um nach dem Marienkäfer zu sehen, und da erblickte er Lilith auf seinem Schuh.

„Ja, sowas," freute sich der alte Mann, „da sitzt doch am hellichten Tag eine kleine Elfe auf meinem Schuh!"

Behutsam nahm er Lilith in seine Hand.

Plötzlich hatte Lilith überhaupt keine Angst mehr. Was hatte der alte Mann gesagt? Sie war eine Elfe? Der alte Mann lächelte sie gütig an.

„Dir fehlen wohl die Flügel?"

„Bin ich wirklich eine Elfe?" fragte Lilith zögernd.

„Aber ja," beruhigte sie der alte Mann, „da bin ich mir ganz sicher. Und wie schön ist es, daß ich mit einer Elfe sprechen darf."

„Aber wo sind die anderen Elfen?" fragte Lilith erstaunt.

Der alte Mann blickte Lilith verwundert an.

„Das weißt du nicht?" Sein Blick schweifte in die Ferne.

„Als ich ein kleines Kind war," sagte er wehmütig, „da konnte ich Elfen sehen und mit ihnen spielen.

In jeder Mittsommernacht durfte ich dem großen Elfenreigen zusehen. Heute ist Mittsommernacht, aber ich habe schon seit langer Zeit den Elfenreigen nicht mehr gesehen."

„Dann wirst du ihn heute sehen," sagte Lilith zuversichtlich, „denn du hast die Bitte eines kleinen Käfers erhört und einer Elfe geholfen."

Da lächelte der alte Mann und setzte Lilith behutsam auf den Boden.

Und schon war sie verschwunden. Sie lief zu Karl und Herrn Siebenpunkt und jubelte aus ganzem Herzen: „Ich bin eine Elfe! Der alte Mann hat mir geholfen. Endlich werde ich meine Heimat wiederfinden."

Wie ein Lauffeuer verbreitete sich die Kunde über die ganze Wiese.

Um Mitternacht waren alle Tiere versammelt, um dem Elfenreigen zuzusehen und sich von Lilith zu verabschieden.

Karl hatte das Paar Flügel mitgebracht. Er hatte sie sorgfältig aufgehoben, aber jetzt wußte er ja, daß sie Lilith gehörten.

Mit einemmal wurde es ganz hell auf der Wiese. Es war Mitternacht, und die Elfen erschienen. Helle, zarte Wesen schwebten über die Wiese. Ihre lichten Gewänder waren mit dem Glanz der Sterne geschmückt, und in ihrem Haar leuchtete das goldene Licht des Mondes.

Plötzlich ertönte Musik, und aus den Kelchen der Blumen erklangen leise Töne, die sich zu einer wunderbaren Melodie verwoben.

Das ist eine Bestimmung der Blumen. Neben ihren leuchtenden Farben und ihrem herrlichen Duft lassen sie in der Mittsommernacht die leise Melodie der Erde erklingen, wenn die Elfen über sie hinwegschweben.

Auch sonst, wenn der Wind rauscht, läuten die zarten Kelche der Blumen. Dieses Wunder läßt keinen unberührt, aber die Menschen wissen nichts davon, denn sie hören in ihrer Hast und Eile nicht richtig zu. So würde wohl auch heute die Melodie der Blumen verklingen und das Lied der Elfen verhallen, ohne den Weg in die Herzen der Menschen zu finden... Jetzt hatten sich die Elfen zu einem Kreis geschlossen und tanzten den alten Elfenreigen, das Elfenlied singend:

Das Lied aller Elfen verändert die Welt,

wir leben und sterben

im ewigen Werden,

damit sich die Erde im Lichte erhellt:

Um alle zu finden

in strahlendem Glanz,

so daß wir uns, schwebend im lichtvollen Tanz,

mit Liebe und Güte im Geiste verbinden.

Auch du liebest Menschen, die Pflanzen, das Tier?

Auch Käfer und Spinnen?

So hilf zum Gelingen

des Lebens und Werdens der Schöpfung allhier.

Tritt ein in die Runde,

mit dir woll'n wir streben,

für alle zum Segen

verbreiten die Kunde.

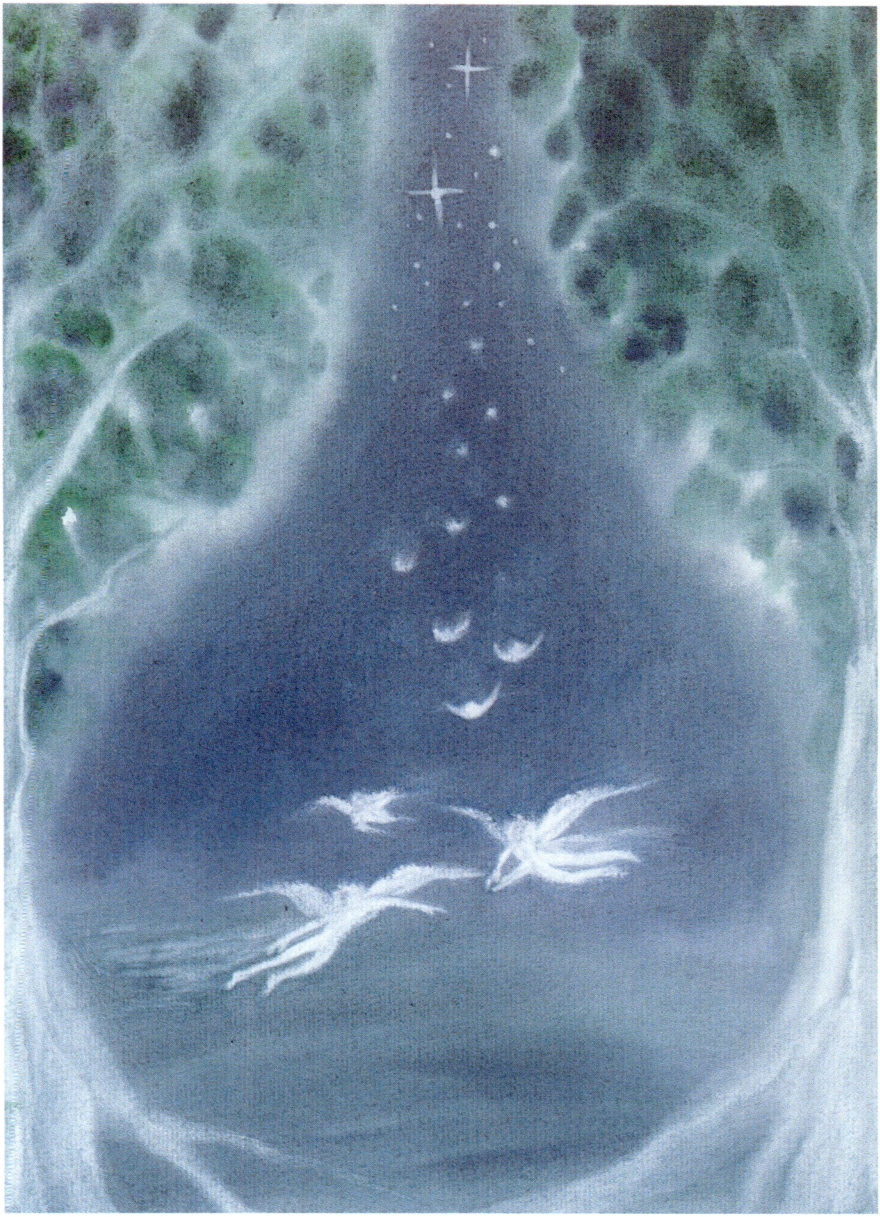

In Liebe vereint
sind dann alle Wesen,
um hier an der Güte der Welt zu genesen:
Auch du bist gemeint!

Das Lied aller Elfen verändert die Welt,
wir leben und sterben
im ewigen Werden,
damit sich die Erde im Lichte erhellt.

Immer leiser war ihr Gesang geworden, bis er sich in der klaren Nacht seinen Weg in die Herzen der Menschen suchte.

Da erschien die Elfenkönigin. Anmutig und leise schwebte sie über die Wiese.

Funkelnde Tautropfen schmückten sie wie tausend Perlen.

Schweigen herrschte, als die Elfenkönigin ihre ruhige, klare Stimme erhob.

„Ihr alle träumt von der Versöhnung der Wesen untereinander. Eines Tages werden Steine, Pflanzen, Tiere, Menschen und wir Naturgeister in Frieden zusammen leben."

Ein frohes Raunen ging durch die Elfenschar. Die Elfenkönigin sprach weiter: „Bis dahin ist es jedoch noch weit, denn nur, wenn die Liebe alle Herzen erfüllt, werden wir wieder im Paradies leben. Deshalb schicken wir unser Lied in die Nacht hinaus, damit es seinen Weg in wartende und sehnsuchtsvolle Herzen findet."

Abermals ertönte ein Raunen.

Traurig senkte die Elfenkönigin den Blick.

„Leider ist uns eine kleine Elfe verlorengegangen. Sie sollte die Herzen der Menschen finden, die die alte Sehnsucht in sich tragen." Die Stimme der Elfenkönigin war leise geworden, „aber die kleine Elfe ist nicht mehr zurückgekommen. Ihr Name war Lilith."

Lilith hatte andächtig der Elfenkönigin gelauscht, aber jetzt hielt sie nichts mehr.

„Ich bin Lilith," rief sie außer sich vor Freude und stürmte auf die Elfenkönigin zu.

Beide hielten sich lange in den Armen. Da sah die Elfenkönigin, daß Lilith gar keine Flügel mehr hatte.

„Was hast du nur gemacht," sagte sie traurig, „Flügel bekommt man nur einmal im Leben geschenkt."

Da senkte Lilith schuldbewußt den Kopf. Sie wußte, daß sie leichtsinnig gewesen war und etwas zu stürmisch. Die Flügel hatten sich an einem Grashalm verfangen und waren abgerissen. Ohne Flügel war sie keine richtige Elfe mehr, und deshalb hatte sie sich auch nicht erinnern können.

Ach, jetzt wußte sie alles, sie war so unendlich traurig, denn ohne Flügel konnte sie nie mehr eine richtige Elfe werden und nie mehr in ihre Heimat zurückkehren. Silberne Tränen rannen ihr Gesicht hinunter. Erstaunt sah die Elfenkönigin Lilith an.

Eine Elfe hatte doch noch nie geweint!

Da trat Karl aus dem Hintergrund hervor. Schüchtern und zögernd hielt er der Elfenkönigin die zerrissenen Flügel hin, die er so lange aufbewahrt hatte.

Da wunderte sich die Elfenkönigin noch viel mehr.

„Du hast trotz alledem also einen Freund gewonnen?" fragte sie erstaunt.

Da nahm Karl seinen ganzen Mut zusammen und sagte stolz: „Nicht nur einen Freund, Lilith hat auf der Wiese viele Freunde!"

Und er gab den Glühwürmchen ein Zeichen, daß sie bis in die hinteren Winkel der Wiese leuchten sollten.

Und da waren sie: Herr Siebenpunkt, die Amsel, die Hummel, die Schnecke, ja sogar Urps war gekommen. Ganz am Ende des Gartens warfen die Nixen silberne Wassertropfen in die Höhe. Und am Rande der Wiese stand das alte Ehepaar.

„Lilith, du hast sogar Menschen mit sehnsuchtsvollem Herzen gefunden," sagte die Elfenkönigin erfreut. „Kleine stürmische Lilith, du hast uns allen eine große Freude bereitet"

Sie nahm die zerrissenen Flügel und berührte Lilith damit. Im Nu waren sie wieder heil und ganz, und Lilith jubelte: „Ich bin wieder eine Elfe! Ich bin wieder eine Elfe!" und schwebte hoch über der Wiese empor.

Die Elfenkönigin schmunzelte, und der Elfenreigen tanzte schöner als je zuvor.

Die Tiere summten die Elfenweise, und Urps tanzte mit der Elfenkönigin.

Nur Karl hatte sich traurig zurückgezogen.

Da flog Lilith zu ihm.

„Karl, sei nicht traurig," sagte sie leise und streichelte zärtlich über seinen braunen Rücken, „du bist mein bester Freund, und ich werde dich oft besuchen."

„Ja, geht das denn?" fragte Karl freudig überrascht.

„Aber sicher," sagte Lilith, „wann immer du willst."

Da wurde Karl wieder richtig froh und sang aus voller Brust das Lied der Elfen mit, auch wenn seine Käferstimme mitunter etwas zu tief war.

Das Lied der Elfen aber fand seinen Weg in die Herzen des alten Mannes und der alten Frau, und auf ihren Gesichtern lag der Glanz ewigen Friedens.